Ana & Andrew

El verano en Savannah

por Christine Platt

ilustrado por Sharon Sordo

Sobre la autora
Christine A. Platt es una autora y una académica de la historia africana y afroamericana. Una querida narradora de la diáspora africana, Christine disfruta escribir ficción histórica y no ficción para lectores de todas las edades. Se puede aprender más acerca de su trabajo en christineaplatt.com.

Para Abuelita, Abuelo y los nietos Palmer. —CP

Para mi hermana, Mi mejor amiga y la mujer más graciosa que conozco. —SS

abdobooks.com

Published by Magic Wagon, a division of ABDO, PO Box 398166, Minneapolis, Minnesota 55439.

Printed in the United States of America, North Mankato, Minnesota.
102019
012020

Written by Christine Platt
Translated by Brook Helen Thompson
Illustrated by Sharon Sordo
Edited by Tamara L. Britton
Art Directed by Candice Keimig
Translation Design by Pakou Moua

Library of Congress Control Number: 2019944698

Publisher's Cataloging-in-Publication Data

Names: Platt, Christine, author. | Sordo, Sharon, illustrator.
Title: El verano en Savannah/ by Christine Platt; illustrated by Sharon Sordo.
Other title: Summer in Savannah. Spanish
Description: Minneapolis, Minnesota : Magic Wagon, 2020. | Series: Ana & Andrew
Summary: It's summertime! Ana & Andrew travel to visit their grandparents in Savannah, Georgia. While they are there, they learn that Grandma and Grandpa's church was built by slaves. With some help from an unusual source!
Identifiers: ISBN 9781532137594 (lib. bdg.) | ISBN 9781644943663 (pbk.) | ISBN 9781532137792 (ebook)
Subjects: LCSH: Summertime--Juvenile fiction. | Grandparents--Juvenile fiction. | Friendly visiting--Juvenile fiction. | Savannah (Ga.)--History--Juvenile fiction. | Slave system--Juvenile fiction. | African American history--Juvenile fiction. | African American families--Juvenile fiction.
Classification: DDC [E]--dc23

Tabla de contenido

Capítulo #1
Arriba, arriba y a volar
4

Capítulo #2
¡Ah, piratas!
12

Capítulo #3
La historia de Abuelo
18

Capítulo #4
Una sorpresa especial
24

Capítulo #1

Arriba, arriba y a volar

Todos los veranos Ana y Andrew visitaban a sus abuelos en Georgia. Abuelo y Abuela vivían en una ciudad llamada Savannah.

Era divertido pasar tiempo en la misma casa donde Papá creció como niño. Y era una de sus vacaciones de familia favoritas porque tomaron un vuelo para llegar allí.

JULIO
DOM LUN MART MIÉR JUEV VIER SÁB
¡VIAJE A SAVANNAH!

—¡No puedo esperar a ir a Savannah! —Andrew hizo un baile-contoneo mientras esperaban en la cola en el aeropuerto.

—Yo y Sissy no podemos esperar tampoco. —Ana y su muñeca favorita se sentarían junto a la ventana en el camino a Savannah. Andrew se sentaría junto a la ventana en su vuelo de regreso a Washington, DC. Siempre tomaban turnos para ser justos.

—No puedo esperar a ver a mis padres —dijo Papá—. Y sé que su Abuelo y Abuela no pueden esperar a ver a Uds. dos.

—¡Tres! —Ana abrazó a Sissy. Mamá había atado su pelo con cintas amarillas para combinar con sus vestidos. Ana y su muñeca parecían hermanas.

Papá se rió.

—Es verdad. Abuelo y Abuela están deseando ver a Sissy también.

—Mamá, ¿qué estás deseando en nuestra vacación? —preguntó Andrew.

—Me encanta pasar tiempo en el jardín —dijo Mamá. Abuela cultivaba frutas y verduras como su familia había hecho durante generaciones. Andrew y Ana disfrutaban ayudar a Abuela con la cosecha.

—La cola está avanzando —dijo Andrew con emoción. Era hora de embarcar en el avión.

Una vez que se acomodaron en sus asientos, Mamá se aseguró de que todos se abrocharon sus cinturones de seguridad. Ana se aseguró de que Sissy estuvo segura en su regazo antes de que miraron por la ventana.

Andrew y Ana escucharon atentamente las instrucciones de la asistente de vuelo. Una vez que encendieron los motores del avión, se movió más y más rápido por la pista.

—¡Arriba, arriba y a volar! —dijo Andrew. Pronto estaban volando entre las nubes de camino a Savannah.

Capítulo #2

¡Ah, piratas!

A Andrew y Ana les encantaba la casa de sus abuelos en Savannah. Estaba hecha de ladrillos y tenía contraventanas negras. El verano pasado, Ana y Andrew ayudaron a Abuelo a pintar la puerta de rojo. Era muy bonita.

Cada mañana, Andrew y Ana cocinaban el desayuno con Abuela. Después caminaban con Abuelo y Papá a la biblioteca para la hora de cuentos. Por las tardes, ayudaban a Abuela y Mamá en el jardín. Cada noches, jugaban, y Ana y Andrew ganaban varias veces.

El viernes, Abuelo, Andrew, y Ana dieron un paseo por el río Savannah. Pasaron frente a la Casa de los Piratas, que era uno de los restaurantes favoritos de Papá y Mamá.

—¡Ah, piratas! —gritó Andrew.

Ana abrazó fuerte a Sissy.

—Los piratas son aterradores. Y malos.

—No todos los piratas eran aterradores y malos —dijo Abuelo.

—¿Hay piratas simpáticos? —preguntó Ana.

—*Había* piratas simpáticos —explicó Abuelo—. Los piratas no han vivido en Savannah desde hace muchísimo tiempo.

—Nunca he oído hablar de los piratas siendo simpáticos. —Andrew había leído libros sobre los piratas siendo aventureros. Incluso había leído sobre los piratas siendo tontos. Pero nunca había leído sobre un pirata simpático.

Abuelo sonrió.

—Sentémonos y les contaré una historia. Una historia verdadera.

Capítulo #3

La historia de Abuelo

Abuelo, Andrew, y Ana se sentaron en un banco mirando hacia el río. El agua estaba calmada y tranquila. Andrew intentó imaginar piratas simpáticos en sus barcos.

—Savannah tiene mucha historia —dijo Abuelo—. ¿Saben lo que es la historia?

Andrew levantó la mano como si estuviera en clase.

—Sí. La historia es el estudio de acontecimientos que ocurrieron en el pasado.

—Y la historia se trata de personas que vivieron en el pasado —añadió Ana. Papá a menudo enseñaba la historia a los estudiantes en su escuela.

—Eso es —dijo Abuelo—. Ahora, es momento para un poco de historia. Una de las primeras iglesias afroamericanas fue construida aquí mismo en Savannah.

—¿De verdad? —preguntó Ana.

—Sí —dijo Abuelo—. Fue construida por los esclavos. La construyeron todo a mano, incluso los bancos para que los miembros se sentaran.

—De verdad eso parece mucho trabajo duro —dijo Andrew.

—Era trabajo duro —asintió Abuelo—. Pero los esclavos lo hacían. ¿Y adivinen quién les proveían algunas de las cosas que necesitaban?

—¿Quién? —preguntó Ana.

—¡Los piratas! —dijo Abuelo.

—A veces, los piratas tenían madera extra de sus recompensas, y sabían que los esclavos la necesitaban para construir su iglesia.

—Eso *es* simpático. ¡Y realmente genial! ¡Ah, piratas! —Andrew hizo un baile-contoneo. Ana y Abuelo se rieron.

—Es genial, de verdad —dijo Abuelo—. Y les mostraré algo aún más genial cuando vamos a la iglesia.

Capítulo #4

Una sorpresa especial

La iglesia de Abuelo y Abuela tenía vidrieras de colores igual que la iglesia de Andrew y Ana en Washington, DC. Se sentaron en los bancos en silencio. Fue muy especial porque sabían cómo se hacían los bancos. Andrew y Ana no podían esperar a contarles a sus amigos sobre la iglesia que sus antepasados construyeron.

—¿Aprendieron sobre la esclavitud en la escuela? —Abuelo, Andrew, y Ana se tomaron de las manos mientras caminaban por la iglesia.

—Sí —dijo Andrew—. Mamá y Papá nos enseñaron sobre ello también.

—¿Y aprendieron sobre el Ferrocarril Subterráneo?

—Sí. —Andrew recordó que su maestra le contó que los esclavos usaron el Ferrocarril Subterráneo para escapar de la esclavitud.

—¿Saben qué? —susurró Abuelo.

—¿Qué? —Ana se inclinó.

—Esta iglesia era una de las paradas del Ferrocarril Subterráneo. —Abuelo señaló unos pequeños agujeros en el suelo—. Justo debajo de nosotros. Eso es donde los esclavos se escondieron en su camino hacia la libertad.

—Guau —dijo Andrew—. Nuestros antepasados eran muy valientes.

—De verdad, lo eran —dijo Abuelo—. De verdad.

Después de la iglesia, Andrew y Ana jugaron afuera. Abuela les mandó a recoger unos duraznos para comer en el aeropuerto. Ana y Andrew recogieron los duraznos más grandes que pudieron encontrar.

—¡Es hora de cenar! —Abuela sonó una pequeña campana. Era la misma campana que usó para llamar a Papá para cenar cuando era niño.

Andrew y Ana corrieron adentro. Lavaron las manos y se sentaron en la mesa. Ana estaba emocionada por ver los macarrones con queso. ¡Era el favorito de ella y Sissy!

Después de la cena, Ana y Andrew no podían parar de hablar sobre la historia de Savannah. Contaron a Mamá y Papá sobre los piratas simpáticos, la iglesia que sus antepasados construyeron, y el Ferrocarril Subterráneo. De repente, el reloj automático del horno sonó.

—¡Dios mío! —dijo Abuela—. Casi se me olvida de su sorpresa especial.

—¿Una sorpresa especial? —preguntó Ana—. ¿Para nosotros?

Cuando Abuela abrió la puerta del horno, un olor dulce llenó el aire. Andrew no pudo evitar hacer un baile-contoneo.

—¡Aye! —Sabía exactamente lo que Abuela horneó para su sorpresa especial.

—¡Cobbler de durazno! —gritó Papá.

Andrew y Ana se miraron uno al otro y sonrieron. Era otro verano divertido en Savannah.